La Natividad

Ilustrado por Julie Vivas

Adaptado al español de los evangelios de San Mateo y San Lucas por Alma Flor Ada

Libros Viajeros
Harcourt Brace & Company
San Diego New York London
Printed in Singapore

En los días del Rey Herodes, el Ángel Gabriel fue enviado por Dios a la ciudad de Nazaret, a una virgen desposada con un hombre llamado José. El nombre de la virgen era María.

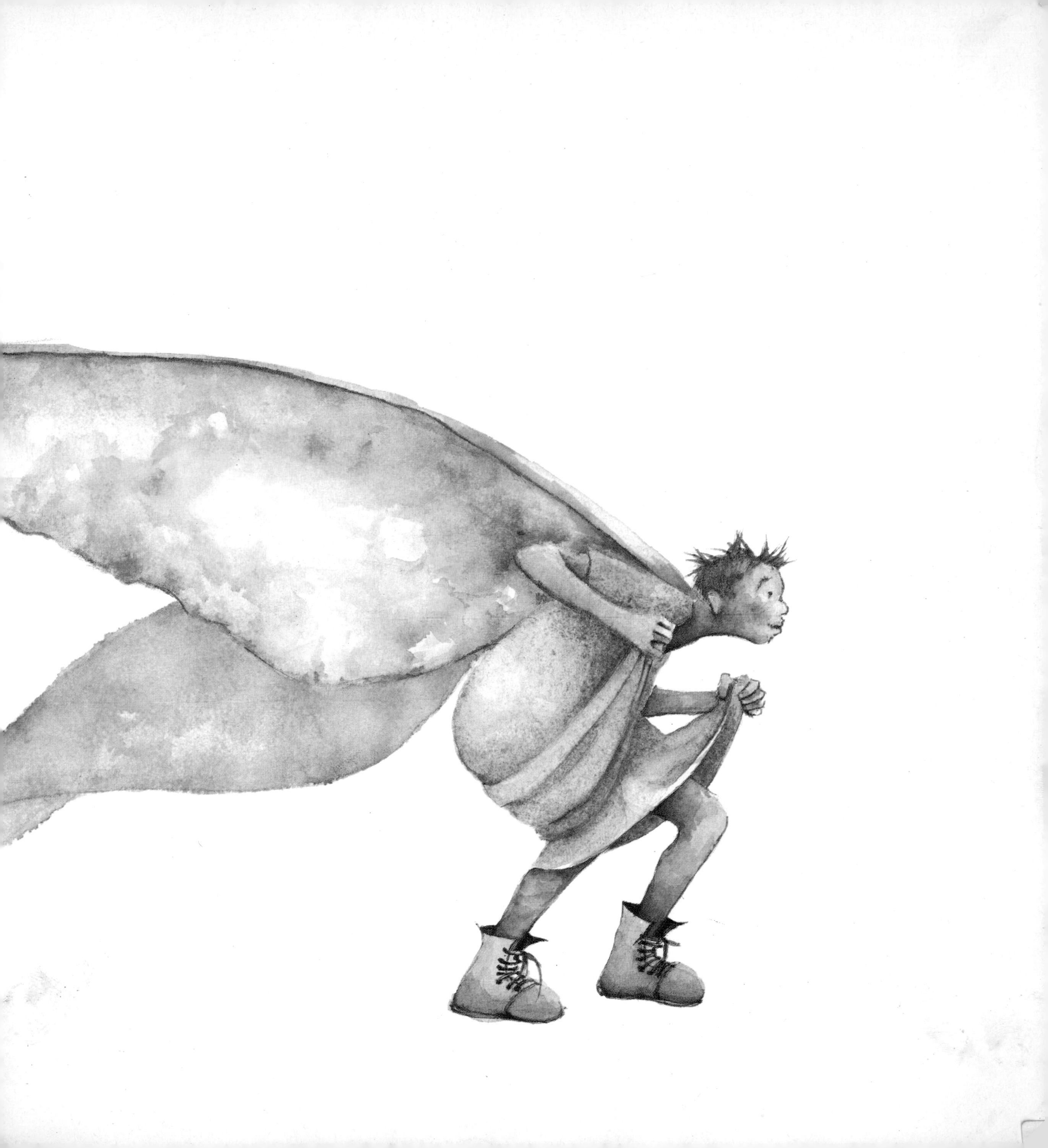

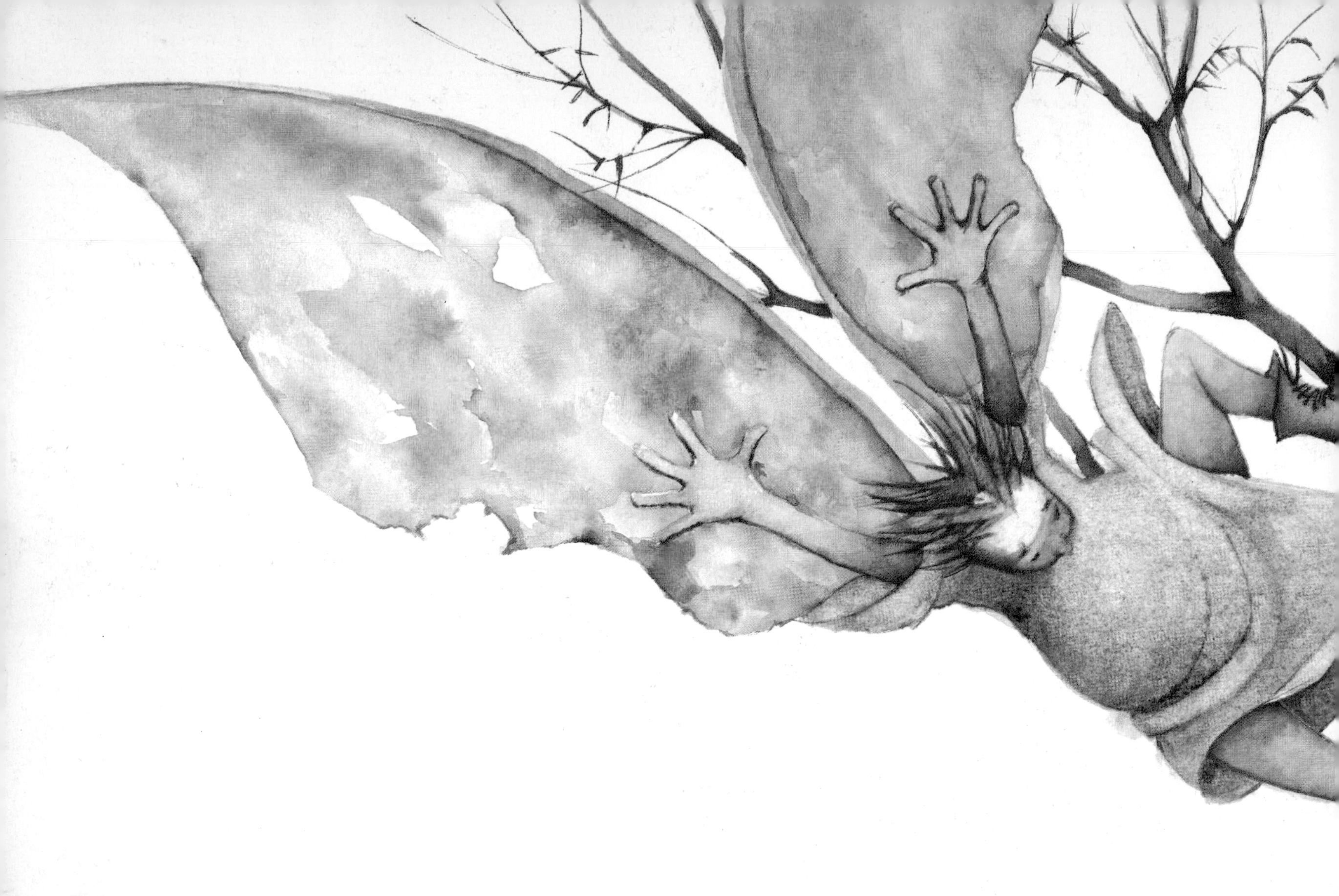

Y el Ángel le dijo: —¡Dios te salve! El Señor está contigo.
Bendita tú, entre las mujeres.

Ella, cuando lo vio, se conturbó.

El Ángel le dijo: —No tengas temor, María. Has encontrado gracia delante de Dios. Y darás a luz un hijo y lo llamarás Jesús.

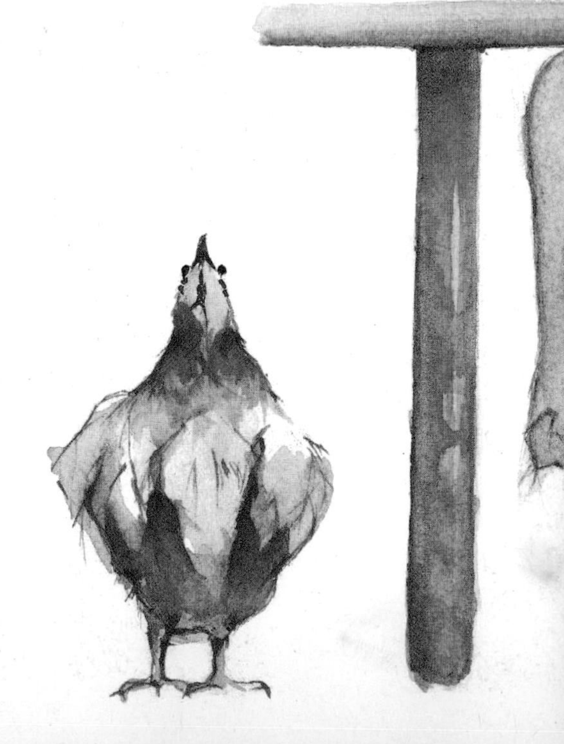

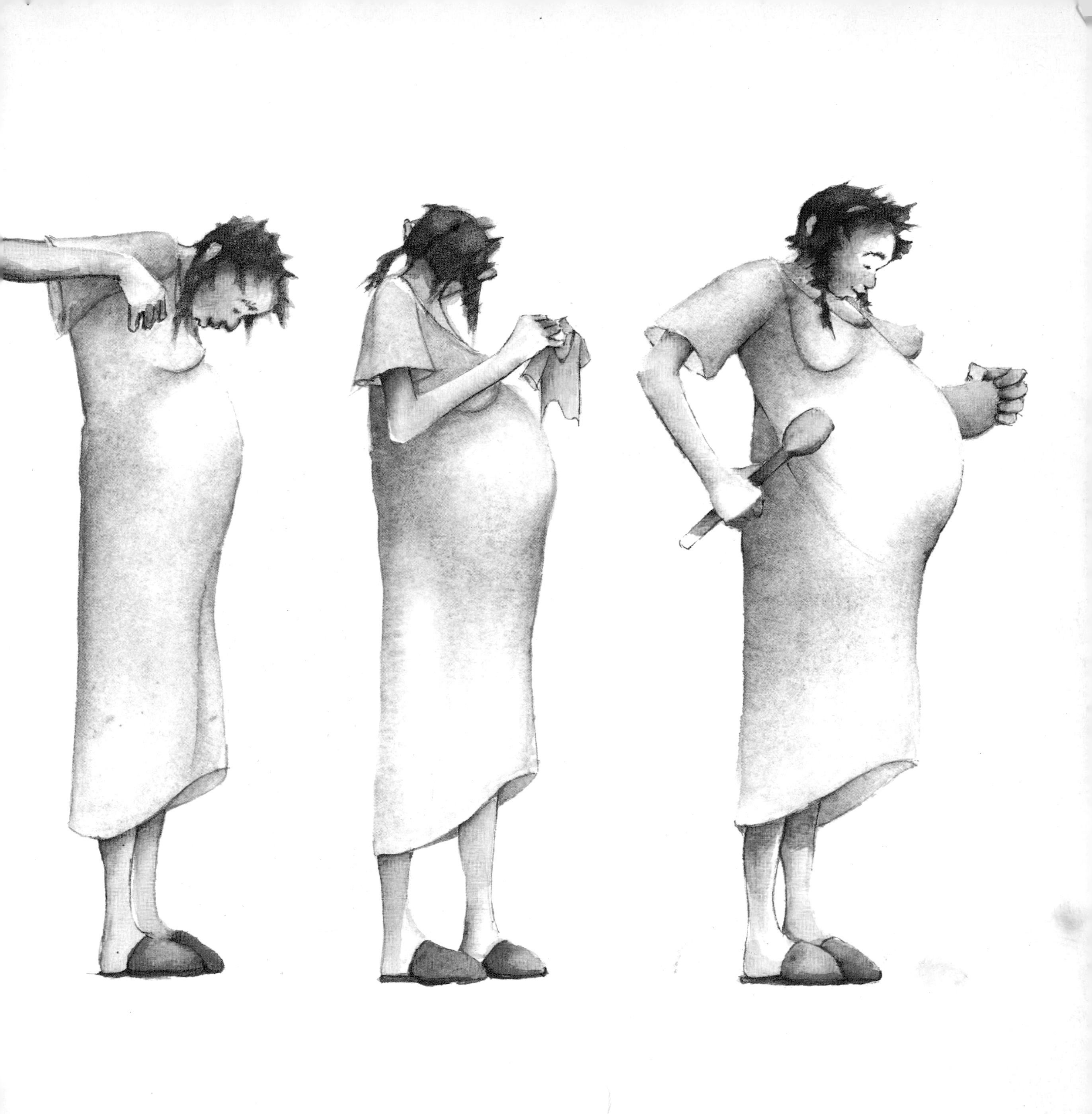

Sucedió que el emperador Augusto César decretó que todos fueran empadronados, cada uno en su propia ciudad.

Y José fue desde Nazaret a la ciudad de Belén, con María su esposa, que estaba esperando muy pronto el nacimiento de su hijo.

Y aconteció que mientras estaban en Belén,
llegó el día del nacimiento.

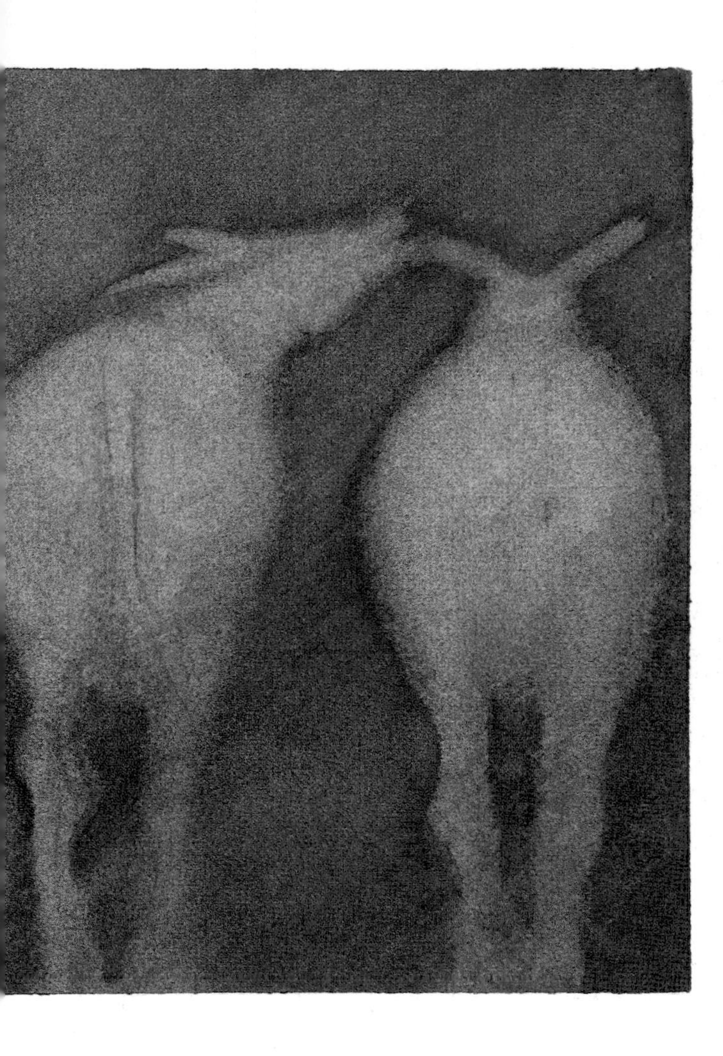

Y dio a luz a su hijo primogénito

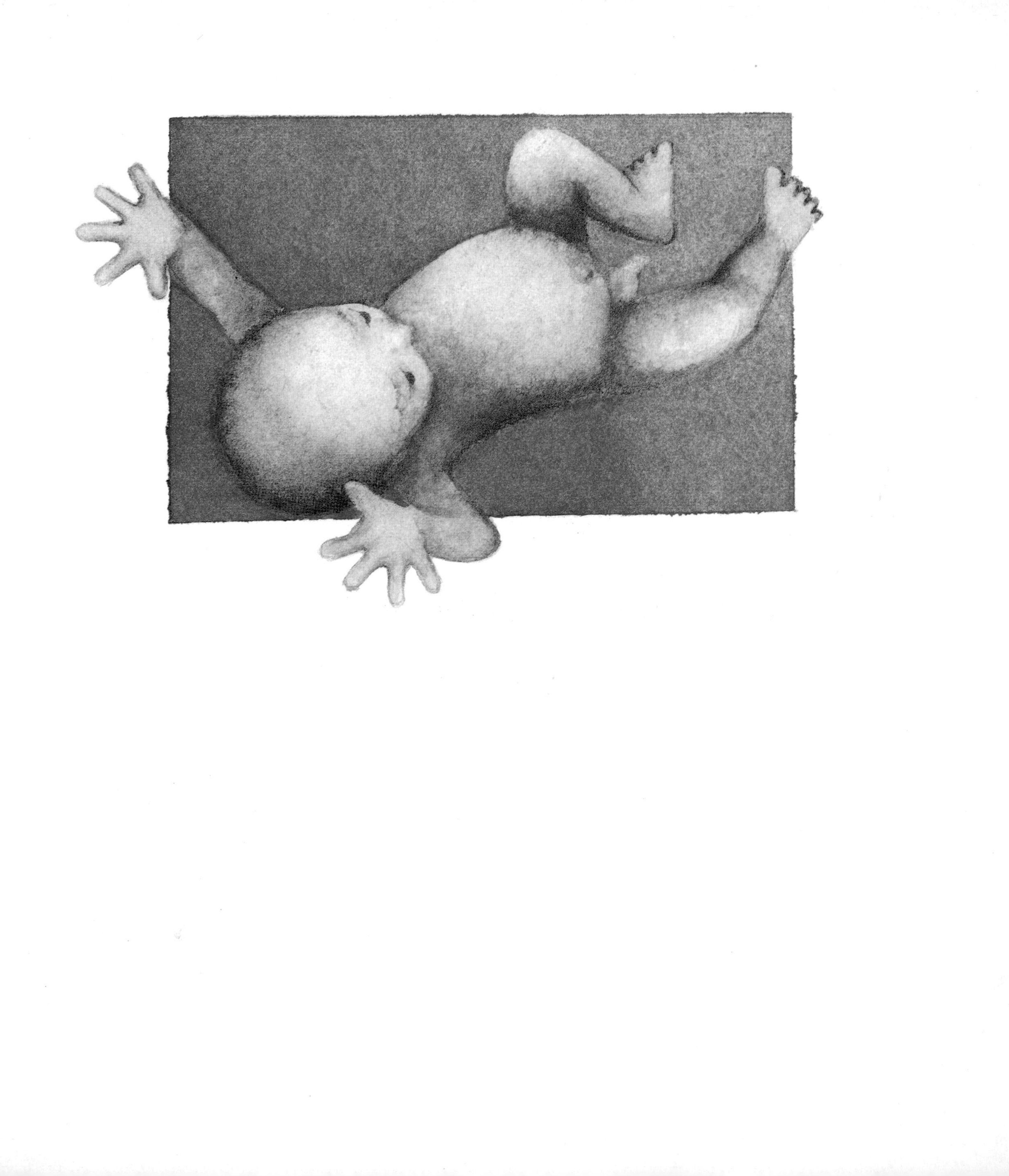

y lo envolvió en pañales, y lo acostó en un pesebre,
porque no había lugar para ellos en la posada.

En esa región había pastores, que vigilaban de noche los rebaños.

Y he aquí que el Ángel del Señor se les acercó y la gloria del Señor los iluminó y sintieron gran temor.

Pero el Ángel les dijo: —No tengan miedo, porque les traigo noticias de gran alegría. Entre ustedes ha nacido este día, en la ciudad de David, un Salvador, que es Cristo, Nuestro Señor. Y ésta será la señal para reconocerlo: Encontrarán al recién nacido envuelto en pañales, acostado en un pesebre.

Y súbitamente apareció con el Ángel una multitud de las huestes celestiales alabando a Dios.

Cuando los ángeles se fueron, los pastores se dijeron, los unos a los otros: —Vamos a Belén a ver lo que ha pasado.

Vinieron apresuradamente y encontraron a María, a José
y al niñito acostado en el pesebre.

Y del Oriente llegaron a Jerusalén tres reyes magos,
diciendo: —¿Dónde está el Rey de los Judíos acabado de nacer?
Hemos visto su estrella y venimos a alabarlo.

Y la estrella que habían visto en el oriente, los iba guiando,
hasta que se detuvo sobre el lugar donde estaba el niño.

Y al entrar a la casa, vieron al niñito con María, su madre,
y se arrodillaron a adorarlo. Y abrieron sus tesoros
y le ofrecieron regalos de oro, incienso y mirra.

Y los Reyes Magos regresaron a su tierra y los pastores regresaron a sus rebaños, glorificando y alabando a Dios por todo lo que habían oído y visto.

Y al niño le pusieron por nombre Jesús, que era el nombre que le había dado el Ángel antes de que fuere concebido en el vientre de su madre.

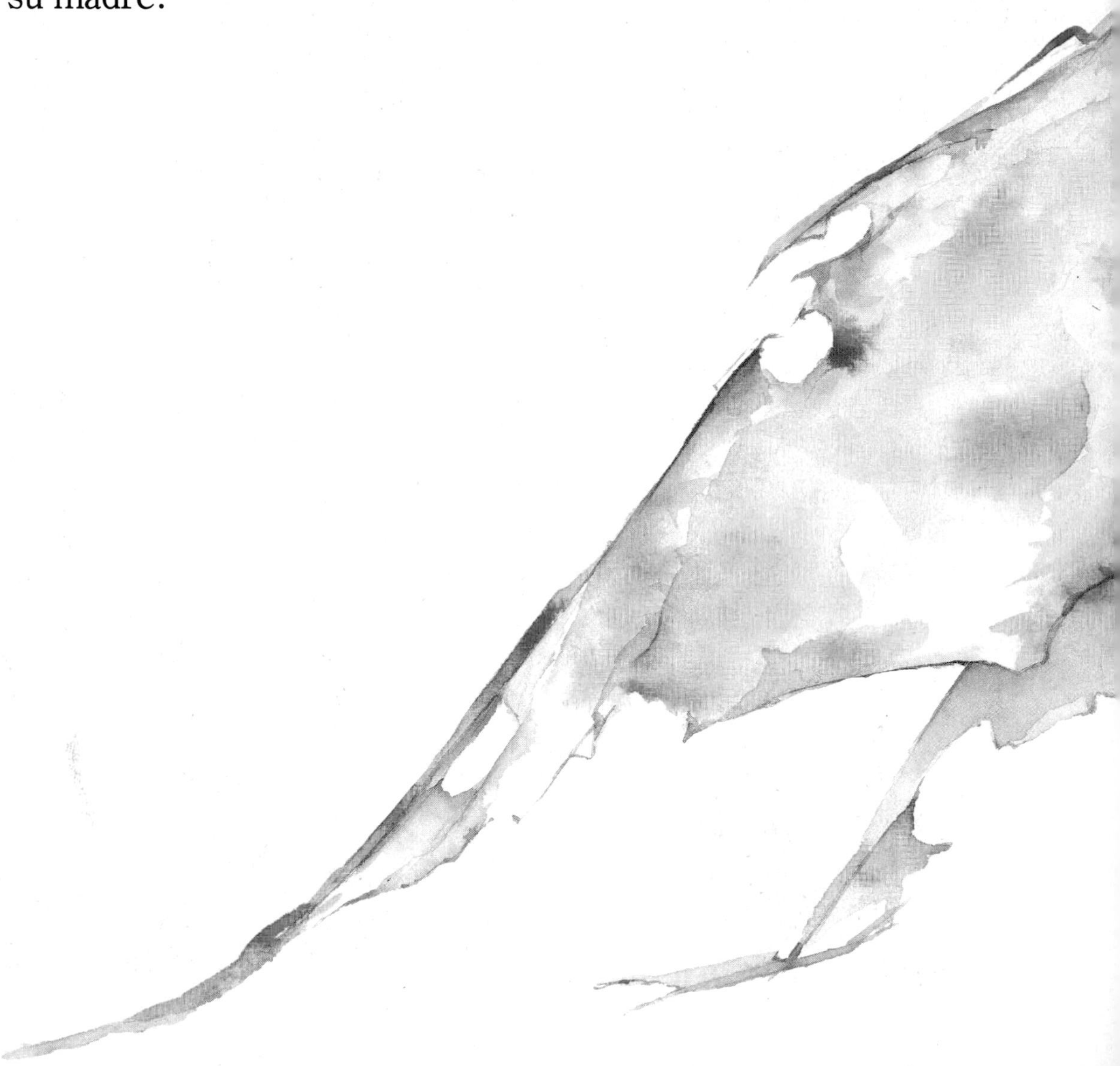

para Luis

Requests for permission to make copies of any part of the work should be mailed to: Permissions Department, Harcourt Brace & Company, 6277 Sea Harbor Drive, Orlando, Florida 32887-6777.

This is a translation of THE NATIVITY.

Libros Viajeros is a registered trademark of Harcourt Brace & Company.

Library of Congress Cataloging-in-Publication Data
Nativity. Spanish.
La Natividad/ilustrado por Julie Vivas; adaptado al español de los evangelios de San Mateo y San Lucas por Alma Flor Ada.
p. cm.
"Libros Viajeros."
ISBN 0-15-200184-0
1. Jesus Christ—Nativity—Juvenile literature. [1. Jesus Christ—Nativity. 2. Bible. N.T. Luke.] I. Vivas, Julie, 1947–
II. Title.
BT315.A318 1994
232.92—dc20 93-46976

G F E D C B

Printed in Singapore